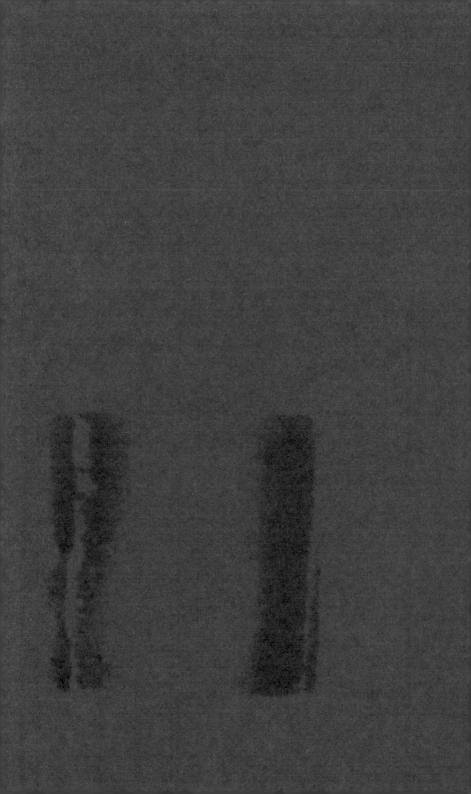

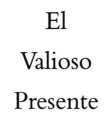

El
Valioso
Presente

El
Valioso
Presente

Spencer
Johnson

Traducido por Enrique Montes

DOUBLEDAY
New York London Toronto Sydney Auckland

A mi esposa, Lesley

PUBLICADO POR DOUBLEDAY
un departamento de Random House, Inc.
1540 Broadway, New York, NY 10036

Doubleday y el simbolo del ancla con el delfin son marcas registradas
de Doubleday, un departamento de Random House, Inc.

Diseño del libro por Donna Sinisgalli

ISBN 0-385-50185-4

1   3   5   7   9   10   8   6   4   2

El
Valioso
Presente

Había una vez un niño . . .

a quien le gustaba conversar
con un viejito.

Y fue así como empezó a aprender
acerca de

El valioso presente

—Es un presente porque es un regalo —explicó el señor con gran satisfacción.

Y se llama *El valioso presente* porque es el *mejor* presente que jamás haya existido.

Cuando el niño le preguntó por qué, el viejito se lo explicó.

—Es el mejor presente que uno puede recibir porque quien recibe un regalo así es feliz para toda la vida.

—¡Ay, qué bueno! —exclamó el niño—.
Espero que alguien me regale
El valioso presente. Quizás me lo traigan
como regalo el día de navidad.

El niño, muy contento, salió corriendo
a jugar.

Y el viejito se quedó mirándolo
sonriendo.

Al señor le encantaba ver jugar al niño.

Él se fijaba en la hermosa sonrisa que
tenía, le gustaba oír su risa mientras
se balanceaba sobre las ramas de un
árbol cercano.

El niño era feliz.

Y era un placer verlo así.

Al viejito también le gustaba ver al
niño trabajando.

Hasta a veces se levantaba temprano
los sábados por la mañana para ver al
pequeño cortar el césped frente a su casa.

El niño silbaba de alegría mientras
trabajaba.

El pequeño se sentía inmensamente
feliz, independientemente de lo que
estaba haciendo.

Era un motivo de alegría tenerlo cerca.

Cuando el niño se puso a pensar
en lo que el viejito le había dicho,
creyó que lo había comprendido bien.

Conocía muy bien todo acerca de
los presentes . . .

Como la bicicleta que le regalaron por
su cumpleaños y los regalos que encontró
debajo del árbol el día de navidad
por la mañana.

Pero continuó pensando y enseguida
se dio cuenta de algo.

La alegría que traen los juguetes
nunca es duradera.

El niño empezó a sentirse incómodo.

—¿Cuál será entonces —se preguntó—
El valioso presente?

—¿Qué cosa podrá ser tan buena, tan
superior a cualquier otro presente . . .
para que le hayan tenido que llamar
El valioso presente?

—¿Qué cosa existirá en este mundo que
pueda hacer a una persona feliz durante
toda su vida?

No pudo ni siquiera imaginarse cuál
sería la respuesta.

Y por eso volvió adonde el viejito
para preguntarselo.

—¿Será *El valioso presente* un anillo
mágico? ¿Un anillo que uno se pone
para que todos los deseos se conviertan
en realidad?

—No, no es ese tipo de presente
—le dijo el viejito.

El valioso presente

no tiene nada que ver

con lo que uno anhela.

Y a medida que pasaba el tiempo y el niño crecía, seguía preguntándose. Por eso un día volvió a visitar al viejito.

—¿No será *El valioso presente* una alfombra mágica? —le preguntó—. ¿Una alfombra que me pueda llevar a cualquier sitio que yo quiera?

—No, no es eso —le contestó el viejito muy tranquilamente.

Cuando uno tiene

El valioso presente

uno se siente extremadamente contento

de estar en el sitio que sea.

Ahora que el niño se estaba convirtiendo en adolescente, se sentía un poco ridículo haciendo las mismas preguntas.

Pero se sentía muy incómodo.

Empezó a darse cuenta que no estaba logrando lo que quería.

—¿No será *El valioso presente* un tesoro escondido? —preguntó tímidamente—. ¿No serán monedas de oro que los piratas enterraron hace muchos años?

—No, jovencito —contestó el señor—. Tampoco es eso.

Efectivamente su fortuna es poco común.

Pero . . .

La riqueza de El valioso presente

proviene de su propia fuente.

El jovencito se quedó pensando por unos instantes. Pero de repente se enojó.

—Tú me dijiste —le dijo el muchacho— que cualquier persona que reciba un presente así, es feliz para toda la vida. A mí nunca me dieron un regalo así cuando era niño.

—Me temo que no me estás entendiendo bien —le contestó el viejito.

Tú ya sabes cual es

El valioso presente.

Ya sabes donde encontrarlo.

Y ya sabes también como te puede hacer feliz.

Lo podías entender muy bien hace años

cuando todavía eras un niño.

Sencillamente se te ha olvidado.

El jovencito se fue y se puso a pensar.

Pero mientras más pasaba el tiempo más
frustrado quedaba, hasta que finalmente
se enojó mucho.

Entonces decidió ir donde el viejito
y lo confrontó.

—Si verdaderamente quieres que
yo sea feliz —le gritó el joven—,
¿por qué no me acabas de decir qué es
El valioso presente?

—¿Y seguro que también quieres saber dónde encontrarlo? —añadió el viejito a su pregunta.

—Sí, exactamente —le exigió el joven.

—Me gustaría poder decírtelo —le dijo el viejito— pero yo no tengo poderes tan extraordinarios.

—Nadie los tiene —continuó diciendo el anciano.

—Tú eres la única persona que tiene el poder de encontrar la propia felicidad —le aclaró el viejito.

—Solamente tú, acuérdate.

El valioso presente

no es algo que alguien te da.

Es un regalo que sólo uno

se da a sí mismo.

El jovencito quedó algo confundido, pero sin embargo estaba decidido.

Decidió ir a buscar *El valioso presente* por sí mismo.

Y de esta manera . . .

Preparó sus maletas.

Y se marchó. Se fue buscando
por todas partes

El valioso presente.

D espués de muchos años de frustración, el joven que ya era un hombre se cansó de buscar

El valioso presente.

Había leído los libros más recientes.

Había buscado en la prensa y en el
Wall Street Journal.

Había intentado hallarlo en los espejos.

Había buscado en los rostros de la gente.

Tenía muchísimas ganas de encontrar
El valioso presente. Había hecho lo
imposible por encontrarlo.

Lo había buscado en las cimas de
las montañas y había ido a las cuevas
más frías y oscuras.

Había buscado en las junglas
más densas y húmedas.

Y hasta en el fondo del océano.

Pero no tuvo éxito. Su nerviosa
búsqueda lo había dejado exhausto.

Y hasta se había puesto enfermo
alguna vez.

Pero nunca se daba cuenta por qué
se ponía enfermo y se cansaba tanto.

Fatigado, el joven que ya era un
hombre volvió adonde estaba el viejito.

El viejito se alegró mucho de verlo.
Recordaron lo mucho que habían
disfrutado juntos.

Al joven siempre le había gustado
la compañía del viejito. Se sentía contento
estando ante su presencia.

Él pensaba que era porque el viejito
siempre se sentía contento
consigo mismo.

No era porque el viejito vivía una vida tan relajada. Tampoco parecía ser una persona adinerada.

Además parecía que pasaba la mayor parte del tiempo solo.

Realmente no había ninguna razón a la vista por la cual aparentaba ser más feliz y saludable que la mayoría de la gente.

Pero era feliz.

Y también lo eran todos los que pasaban tiempo junto a él.

—¿Por qué uno se sentirá tan bien estando con él? —se preguntaba el hombre.

—¿Por qué?

Y seguía preguntándose.

Al cabo de muchos años, el señor decidió volver adonde el viejito para preguntarle por última vez.

El hombre se sentía muy infeliz, preocupado y enfermo.

Sentía la necesidad de hablar con el viejito.

Pero el viejito se había vuelto muy mayor.

Y llegó un momento en que dejó
de hablar.

Ya no podía escucharse su sabia voz.

El hombre se sintió solo.

Al principio se sintió triste por

la pérdida de su viejo amigo.

Pero después empezó a sentir temor.

Quedó muy asustado.

Tenía miedo de que nunca iba a llegar

a ser feliz.

Hasta que . . .

Finalmente aceptó algo que siempre había sido cierto.

Que era él mismo quien podía lograr su propia felicidad.

El hombre triste recordó lo que el alegre viejito le había dicho hacía muchos años.

Pero por mucho que intentó no pudo darse cuenta . . .

Intentó entender lo que le había dicho.

El valioso presente no tiene nada que ver

con lo que uno anhela . . .

Cuando uno tiene El valioso presente

uno se siente extremadamente contento

de estar en el sitio que sea . . .

La riqueza de El valioso presente

proviene de su propia fuente . . .

El valioso presente no es algo que

alguien te da . . .

Es un regalo que sólo uno se da a sí mismo . . .

El hombre infeliz estaba ya cansado
de buscar *El valioso presente*.

Se había cansado tanto que sencillamente
se había dado por vencido.

Pero de repente, ¡algo sucedió!

No supo por qué ocurrió necesariamente en ese momento.

Sencillamente . . . ¡algo sucedió!

Se dio cuenta de que *El valioso presente* no era más que eso:

El presente.

No el pasado; tampoco el futuro, sino

El valioso presente.

Se dio cuenta de que el momento
presente siempre es valioso.

No porque sea completamente perfecto,
ya que la mayoría de las veces no lo es.

Sino porque es absolutamente todo
lo que se supone que sea . . .

en ese momento.

Y en ese instante el señor fue feliz.

Se dio cuenta de que se encontraba en
El valioso presente.

Y en señal de triunfo alzó los brazos al
aire puro y fresco. Se sentía tan alegre . . .

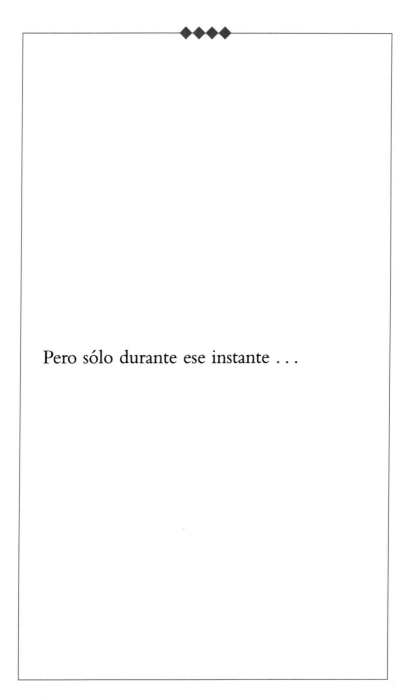

Pero sólo durante ese instante . . .

Porque enseguida después de haber descubierto el secreto, dejó que la alegría de *El valioso presente* se evaporara.

Bajó los brazos muy lentamente,
se tocó la frente y frunció el ceño.

Se encontró triste—una vez más.

—¿Por qué? —se preguntó—.
¿No me había dado cuenta yo de esto
hacía mucho tiempo? ¿Por qué me habré
perdido tantos momentos valiosos?

—¿Por qué me habrá tomado tanto
tiempo vivir en el presente?

Se acordó de los múltiples viajes
infructuosos que hizo alrededor del
mundo en busca de *El valioso presente*,
y se dio cuenta de que en la búsqueda
perdió muchos momentos de felicidad.

Anteriormente se había fijado sólo en lo que había de imperfecto en su presente.

No había podido ver ni experimentar las cosas especiales que cada momento y lugar pueden ofrecer.

Se le habían escapado muchas oportunidades. Y esto le daba mucha tristeza.

El señor siguió regañándose a sí mismo. Pero de repente se dio cuenta de lo que estaba haciendo.

Se sentía culpable acerca de su pasado, pero enseguida vio como la culpabilidad lo estaba volviendo a atrapar.

Cuando tomó conciencia de como eran él y su infelicidad en el pasado

volvió al momento presente.

Y se sintió feliz.

Pero luego el hombre se empezó a preocupar acerca del futuro.

—¿Tendré mañana la capacidad de encontrar la alegría de vivir que existe en *El valioso presente*?

Enseguida se dio cuenta que de repente estaba viviendo en el futuro y se rió—de sí mismo.

Prestó atención a lo que había aprendido.

Y pudo escuchar la sabiduría de su propia voz.

Es sabio pensar acerca de mi pasado

y aprender de mi pasado.

Pero no es sabio que yo esté

en el pasado.

Porque así es como pierdo

mi enfoque y dirección.

También es sabio pensar en el futuro

y prepararse para el futuro.

Pero no me conviene estar en el futuro.

Porque así también pierdo

mi enfoque y dirección.

Y cuando pierdo mi enfoque y dirección

pierdo lo que es más valioso para mí.

Fue así de sencillo. Y ahora lo podía
entender fácilmente.

El presente le daba vida.

Pero el hombre sabía que no iba
a ser fácil.

Aprender a estar en el presente era
un proceso que iba a tener que practicar
muchas veces . . . una y otra vez . . .
hasta que formara parte de él.

Ahora sabía porqué le gustaba tanto estar
con el viejito.

El viejito estaba totalmente presente
cuando compartía con el joven.

El viejito no estaba pensando en otras
cosas o deseando estar en otros lugares.

El viejito estaba completamente presente.

Y los demás se sentían bien estando ante
una persona así.

El señor se sonrió, tal y como el viejito
solía hacer.

Ya había aprendido la lección.

Puedo escoger ser feliz ahora

o puedo intentar ser feliz en otro momento . . .

El señor escogió ¡AHORA!

Y entonces el hombre se sintió contento
otra vez. Se sentía en paz consigo mismo.

Decidió saborear cada momento de
su vida, como si cada momento fuera
perfecto ... lo que aparentaba ser
bueno ... y lo que aparentaba ser malo ...

Aunque hubiera cosas que no entendiera.
Por primera vez en su vida las demás
cosas no le importaban.

Aceptó cada uno de los valiosos
momentos de este planeta como si fueran

un regalo.

Yo sé que hay gente que escoge aceptar
El valioso presente cuando son jóvenes.

Otros deciden aceptarlo cuando están en
la mediana edad. Otros esperan a ser viejos
para aceptarlo. Alguna gente,
desgraciadamente, nunca llega a tenerlo.

Yo puedo escoger El valioso presente
cuando yo quiera.

El señor se sentó cómodamente, se quedó pensando y se dio cuenta de lo afortunado que era.

Él era él, independientemente de donde estuviera.

¡Y ahora lo entendía bien!

Siempre iba a seguir siendo *él* independientemente de *donde* estuviera.

Y escuchó otra vez a su voz interna.

El presente es lo que es. Es valioso.

Aunque no sepa bien por qué.

El presente ya es de la forma que tiene que ser.

Cuando estoy en el presente, acepto el presente,

y experimento con el presente.

Y así es como estoy bien y soy feliz.

El dolor es la diferencia

entre su significado

y lo que yo quisiera que fuera.

Cuando me siento culpable debido

a mi pasado imperfecto,

o cuando me siento ansioso

por mi futuro incierto,

no vivo en el presente.

Entonces siento dolor. Atraigo la enfermedad

y la infelicidad.

Mi pasado fue mi presente.

Y mi futuro será mi presente.

El momento presente es la única realidad

que yo podré experimentar en mi vida.

Siempre y cuando

yo pueda continuar estando en el presente,

seguiré siendo feliz eternamente:

porque la eternidad siempre es

el presente.

El presente no es más que yo mismo,

tal y como soy . . . en este momento.

Y eso es algo valioso.

El valioso presente

es un regalo que yo puedo dar y recibir

de mí mismo.

Porque yo soy valioso.

Yo soy

El valioso presente.

Y el señor sonrió.

Y se quedó con una sonrisa en el rostro.
Era como si estuviera oyendo
al viejito hablar.

Y su sonrisa se hizo más amplia.
Y soltó una carcajada.

Sintió gran felicidad.

Sabía que estaba escuchando,
no al viejito . . .

¡sino a sí mismo!

Se sentía muy contento estando consigo
mismo tal y como se encontraba en
ese momento.

Sentía que tenía lo suficiente.

Sentía que sabía lo suficiente.

Sentía que *él era* lo suficiente.

¡AHORA!

Finalmente había encontrado y aceptado
El valioso presente.

Y era una persona inmensamente feliz.

Varias décadas pasaron . . .

El señor se había convertido en un
próspero viejito, contento y saludable.

Un día se le acercó una niña.

A ella le gustaba oír lo que decía
"el viejito," como ella le llamaba.

Se divertía mucho estando con él.

Había algo único en su personalidad.
Pero ella no sabía qué era.

Un día muy importante, la niña comenzó
a prestar mucha atención a todo lo que
decía el viejito.

Podía percibir que había algo importante
en su voz pausada. Y además parecía ser
una persona muy feliz.

La niña se preguntaba pero no sabía
qué era lo que el viejito poseía.

—¿Cómo es posible que una persona
tan mayor se pueda sentir tan contenta?
—se preguntaba.

Se lo preguntó directamente al viejito,
y su primera contestación fue
simplemente una sonrisa.

Después se lo explicó.

¡De repente la niña dio un salto de alegría y soltó un alarido!

Y cuando la niña salió corriendo, el viejito se despidió de ella con una sonrisa. Porque le sonó muy familiar lo que dijo la niña . . .

¡Ay, qué bueno! —exclamó.

—Espero que algún día alguien me dé . . .

El valioso presente